꿈 그림자

如如華 柳東淑 禪詩集

대양미디어

선우선방에서 저자

선우선방 불자들

선우선방에서 법문하신 날 큰스님과 함께 선우 회원들(2001년 진주)

초파일. 어린이 연등행렬

성륜사에서 청화 큰스님과 함께

청화 큰스님 진주 선우선방 큰 법회날

선우법우들 참선시간

초파일 아기부처님께 관정하는 군인 불자들

어린이 참선 시간

선우선방 합창단

서산 마애불 참배를 마치고

중국 구화산 성지순례

중국 백마사에서 성지순례 일행

중국 아미산 보현도량에서 성지순례 일행

선우선방 정기법회

백호정사 군인 법우들

청소년 법회

如如華의 詩香으로 천하 기운이 맑아지리라

행복마을 조실 **용타**龍陀

如如華 유동숙 님은 신앙심이 돈독한 불교인이시다. 만인이 두루 행복하고 가정마다 직장마다 천구공동체가 되기를 간절히 기원하면서 사는 분이시다. 그런데, 근자에 깜짝 놀랄 일이 일어났다. 유동숙 님이 심심파로 써보곤 했다면서 자작시를 보내 왔다. 놀라웠다.

사람이란 누구나 살다 보면 문득 문득 사물이나 사건, 혹은 사람이라는 상황을 접하면서 "아~하!" 하는 경이驚異를 경험하게 된다.

어떤 이는 경이로운 경험의 깊이가 폭이 깊고 넓은가 하면, 어떤 이는 그러하지를 못하다.

그런 의미에서 시를 쓰는 여여화 유동숙 님은 복이라면 큰 복을 타고난 분이다. 남다른 미적감각으로 삶의 곳곳에서 미적경이를 잘 느끼는 분이시다. 오랜 신앙과 참선에서 그 경지를 터득했으리라.

여여화는 단순한 이끼, 단순한 석간수를 바라보면서

이끼는 저 혼자 푸르고
석간수 무심히 흐른다
　　　－「의곡사의 향연」 1연

라고 시행을 잡는다.
　혹은 누구나 쳐다보는 낮달을 보며

빛바랜 낮달이
무심히 한가하다
　　　－「다솔사」 1연

라고 묘사해내신다.
　그래서 여여화 유동숙 님의 시심과 시어에서 깊은 감동과 경이를 느끼게 된다.

　여여화의 시 작품이 세상에 나가서, 시를 접하는 많은 분들의 삶 곳곳에서 시적 영감을 느끼며 살게 해 주었으면 한다. 그리고 여여화 유동숙 님은 세상의 양장력(良場力:긍정의 파장이 일어나는 힘) 고양을 위해 더욱 삶의 연륜이 묻어나는 글을 쓰셨으면 한다.
　병신년은 유동숙님의 시향詩香으로 천하의 기운이 한결 더 맑아지리라.

병신년(2016) 가을

目　次

■■■ 3부 청화 큰스님을 그리며

■■■■ **7부 화려하지도 곱지도 않는, 중국 오대산**

■■■■ **8부 부처님 세계, 선우선방**

꽃 밭

경북 상주국민학교 5학년
유 동 숙

나팔꽃은 심술꾸러기
백일홍 목을 감았네.

백일홍은 목이 메어
죽겠다는데

나팔꽃은 , 또
코스모스 목을 감았네.

〈1959. 새싹회 주최로 서울 중앙공보관에서 열린
동시의 마을, 상주 어린이 시화전에 전시된 작품〉

선우 법우 진주 한들어린이집
풀잎반 박원우

선우 법우 진주 동심어린이집
누리반 황혜송

17

1부

석간수 무심히 흐르네, 의곡사

선우 법우 대곡고 1 유정인

여 행

여행을 가고자 한다
평화로운 곳

너도 없고
나조차 없는 곳으로

⟨2000. 봄⟩

진주 의곡사의 향연

이끼는 저 혼자 푸르고
석간수 무심히 흐르네

도심의 새소리 어울려
향연으로 피어나는 중생의 염원

울어도 웃는 듯 관세음보살님
먹물 옷 수행자나
고운 새댁 수줍음에나
언제나 미소 짓는 부처님

고개 들어 멀리 쪽빛 하늘쯤에
새털보다 가볍게 비원을 날리면
부처님 더 큰 웃음 지으시리.

〈1995. 7. 4.〉

* **의곡사(義谷寺)** : 경남 진주시 상봉동 비봉산에 있는 절. 신라 무열왕 2년
    (655) 혜통(惠通) 스님 창건. 임진왜란 때 의병이 거처하던 곳.

진주 다솔사

빛바랜 낮달이
무심히 한가하고

솔바람, 찬 기운이
홀연히 날 깨우는데

붉은 단풍은
부처님 누우신 뜻

댓돌 위 스님네 새하얀 고무신
적막을 보태고

나지막한 굴뚝 연기
삶을 얘기해주네.

〈1995. 가을〉

* **부처님 누우신 뜻** : 와불 즉, 열반상(涅槃相). 몸은 언젠가 간다는 가르침. 단
  풍 또한 그 뜻임.
* **다솔사(多率寺)** : 경남 사천시 봉명산에 있는 범어사의 말사. 신라 지증왕 12
  년(511)에 연기조사(緣起祖師) 창건.

진주 청곡사

햇빛도 깊이 들고
그늘도 정적도 더 깊이 들어
조사祖師의 한 마디조차
발을 내밀 수 없네.

부처님 웃음은
내 졸음과 짝을 하고
스님의 목탁소리
산울림과 벗이 되네.

⟨1995. 여름⟩

---

* **청곡사(靑谷寺)** : 경남 진주 월아산에 있는 해인사 말사. 신라 헌강왕 5년
　(879) 도선국사(道詵國師)가 창건했다.

진주 청곡사 숨은 석탑

매미 소리 산새 소리
풀꽃 소리 산죽 소리
천년을 이어서
오늘도 이어서

숨소리 고요롭고
자태는 단아한데
담아 올리는 참배에
미소조차 적요하다.

⟨1995. 여름⟩

* **숨은 석탑** : 신라 3층 석탑이 절 뒤편에 숨은 듯이 있음.

사천 삼천포 대방사

쪽빛 남해를
마당으로 펼쳐놓고

둘러친 산등성이
그대로 법당이네

흰 코끼리 도안 스님
부처로 앉으시니

굽어보는 바위는
피리 부는 신장님.

〈1995. 4. 12.〉

* **대방사(大芳寺)** : 경남 사천시 삼천포에 있는 절. 불기 2506(1962)년 이승희
  스님 창건.

하동 칠불사

- 청화 큰스님 주석하실 때에 적음

일곱 왕자 맥박이
천년을 맑고 맑혀
산골 물, 산새 소리가
청풍의 흐름이다.

모든 영화 띄워 보낸
푸르른 悲願은
금빛으로 영롱하고
오히려 슬픔이다.

열렬한 구도심은
아교자방 열기 되어
눈 푸른 수행자에
무서운 채찍이네.

⟨1995. 4. 11.⟩

* **칠불사 (七佛寺)** : 경남 하동군 지리산 자락에 있는 쌍계사에 딸린 절. 신라
  유리왕 22년(45)에 옥보고(玉寶高) 선인이 창건, 가야의 7왕자가 성불한 곳
  으로 전해진다.
* **비원 (悲願)** : 깨달아서 만중생을 제도하고자 하는 원.

진주 금선암

천 년을 빌어도 중생의 아픔은
끝이 없어 길게 뜨신 눈동자에 검은 눈물이 그대로
흐르는 듯하시고
중생에게 한없이 주고 싶어
감로수병을 내려놓지 못하시는 약사여래불

마음문 열어 감로수 받을 수 있는 중생은 적어서
자꾸 자꾸 뜨거운 화택으로
마음 눈을 돌리는데

몇 년이나 되었는가 늙은 느티나무는
또 잎을 피우니 가냘픈 나리꽃 한뿌리
한 꽃만 피워 하얀 나비를 유혹하네

고우신 비구니스님 푸른 머리 맑은 눈빛은
기와짝 하나하나에 그려진
천진한 그림스님 모습을 그대로 닮으셨네.

〈2016. 7. 11.〉

* **금선암(金仙庵)** : 진주 시내에 있음. 약사여래불은 보물로 신라시대의 것으
  로 봄.

2부

끝없는 파도 위에, 해인사

선우 법우 샛별초등 1 유민채

남해 보리암

– 원정 스님 주지로 계실 때

관음보살 예 오셨네
한 생각 일으켜서

천 소원, 만 소원
오늘도 바쁘시네.

옷자락 거두시어
허공에 묻어두심

마음거울 때 묻힘
중생사는 한이 없네.

〈2011. 초여름〉

✝ 보리암 (菩提庵) : 경남 남해군 이동면 금산에 있는 암자.
＊ 때 묻힘 : 번뇌의 비유.

하동 쌍계사 금당

육조 스님 두상은
두상 이전의 두상

절을 감도는 두 줄기 물
흐르기 이전 소식이다.

절의 신장, 원정 스님
맞이하는 미소는

이전 이후 없이
곱기만 하여라.

〈2005. 봄〉

* **쌍계사(雙溪寺)** : 경남 하동군 화개면 지리산에 있는 큰 절. 신라 성덕왕 21
  년(722년)에 의상대사의 제자 삼법 스님이 창건했다.
* **두상 이전의 두상** : 본래 마음의 자리

합천 해인사

끝없는

파도 위에

찍어놓은 금빛 도장

법계가득

바다 위에

허공 도장 가득 가득.

〈1987.〉

* **해인사(海印寺)** : 경남 합천군 가야면 치인리 가야산에 있음. 팔만대장경이
세계기록유산, 대장경을 보관하는 장경판전이 세계문화유산으로 지정됨.
대한불교 조계종 제12교구 본사로 150여 개의 말사를 가짐. 삼보사찰 중 법
보사찰임.

진주 이반성 성전암

화마도 이겨내고
외도도 이겨내고
천 백년 시간이 오롯이
다시 와 앉아 있네

다시 산이 울리고
하늘이 울리네

성공 스님 대원력이
십륙나한 일으키고
아미타 부처님을
영겁 좌대에 앉히셨네

무수한 산 산, 그 산 앞에
태양산이 솟았으니
찬란히 빛나소서
그 원력, 그 법력.

고운 연꽃 섬세한 용문

고우신 달집은 또 얼마만한 세월을

달빛과 벗할까?

숙연해진 참배객

수행길만 바빠진다.

〈2014. 11. 16.〉

* **진주 이반성(二班城) 성전암(聖殿庵)** : 경남 진주시 이반성면 여항산(餘航
  山)에 있는 암자. 통일신라 헌강왕 때에 도선(道詵)국사가 차린 절. 이교도의
  방화로 전소되었으나, 성공 스님이 2014년 재창건했다.

산청 영암사 터

남빛 허공 붉은 석산
여기가 연화좌대
관음이 하강한 듯
그대로 탄성 뿐

빈 축대 바랜 잔디
칠보의 보궁보다
허허로운 중생을
무심으로 제도하고

깨달음의 소망은
거북의 여의주로
천년을 순간인 듯
그대로 거북 무늬

쌍사자 석등은
풍우에 깎였으나
고독으로 뼈를 깎던

납자의 눈망울이
적멸로 승화되어
등불로 빛났어라.

〈1994. 12. 18.〉

* **영암사(靈岩寺) 터** : 산청 황매산에 있는 절 터. 신라시대의 절은 없어지고
  축대와 거북과 석등만 남아 있음.

양산 통도사 적멸보궁

일어서도 일어서도
그대로 앉아 있는

너도 니르바나
나도 니르바나

법계 가득
진신사리!

〈1990. 여름〉

* **통도사(通度寺)** : 경남 양산군 영추산에 있다. 신라 선덕왕 15년(646) 자장율
  사가 당나라에서 부처님 진신사리를 가지고 와서 절을 짓고 금강계단에 모
  셨다. 우리나라 대표적 큰 절의 하나. 불보종찰임.
* **적멸보궁(寂滅寶宮)** : 통도사 경내 부처님 진신사리를 모신 단.

함양 행복마을 · 1

흐리다.

산이 구름인 듯
구름이 산인 듯

먼 산은 수묵화인 듯
앞 산 단풍은 유채화인 듯

갈대로 뒤덮인 곳
물소리 흐름으로 계곡임을 알리고

용타 큰스님 설법이,
내 발자국 소리가
자성自性의 흐름을 알린다.

⟨2015. 11. 17.⟩

＊ **행복마을** : 용타(龍陀) 큰스님이 창건한 마음 수련원. 근기에 따라 고락을 같이 하는 동사섭법(同事攝法)으로 수행을 한다.

함양 행복마을 · 2

작은 창
하나의 풍경화
자작나무 몇 그루

몇 개 산봉우리
구름 몇 조각만 볼 수 있는
이 평온함

방에 함께 있는 고운 아가씨 한 분
이불 한 벌씩, 공책 하나, 모과 하나,
적어서 더 편안함

인연 모두 놓고 마음 모두 비우고
고요마저 비운
이 적요.

〈2015. 11. 17.〉

3 부

청화 큰스님을 그리며

선우 법우 삼현여고 1 성정원

곡성 성륜사 조선당

꽃잔디 만개한 뒷벼랑ㅡ.
금타 청화 두 분 큰스님
조용히 맞으시네.

조는 듯
반기는 듯 안광도 감추시고

중생의 우매함도
자비로 감싸시니

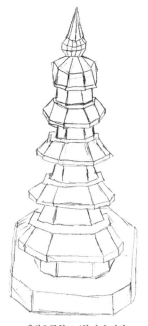

때아닌 봄눈이
함박같이 내리시네

님 그리운 우리들
힛 발길만 바쁘네.

〈2013. 4. 12.〉

샛별초등학교 6학년 유민하

해남 두륜산 상원암

돌돌 물소리
부처님 음성
산죽 오솔길은
왕인 스님 영접이네

찬 새벽 별들은
나와 한 몸 되어지고

얼기설기 사립문이
철담 보다 높구나

푸른 눈 스님 원은
창공조차 삼키운다.

⟨1995. 4.⟩

* **상원암 (上元庵)** : 전남 해남군 두륜산 도립공원에 있는 암자.

해남 만일암 터 탑

– 해남군 대흥사 두륜산에서 포행하면서

불현듯 나타난
빼어난 높은 자태
놀램과 탄성
선정 중에 보이신 모습

앞에는 천연수
배경은 푸른하늘
누구도 볼 수 없게
둘러싼 숲

인연 있는 중생에게
천년세월 지금인 듯
그때가 이때인 듯,
바람결은 무심할 뿐.

〈1996. 8.〉

곡성 태안사

– 청화 큰스님 주석하실 때

마음 가득 허공 가득
천년의 인연 이어

큰스님 발길 따라
사리못에 합장하니

청학이 회를 치고
황룡이 물을 뿜는다

이생 중생, 저생 중생
끝없는 억겁 중생

한 생각 돌이켜서
이 자리 찾으라고

큰스님 지극 심정
혜철국사 큰 서원

태안으로 태안으로

발길은 멀어도

마음은 태안이다.

⟨1994. 12. 21.⟩

＊ **태안사(泰安寺)** : 전남 곡성군 동리산에 있다. 신라 흥덕왕 때에 혜철(惠哲)국
　사 창건.
＊ **천년의 인연** : 큰스님이 필자를 보자, 신라 때 같이 공부한 도반이라 하셨다.

곡성 성륜사

– 청화 큰스님을 그리며

추녀 끝 이슬
자비의 영롱함

얼음 같은 성찰
금강 같은 투명함

섬돌 위 흰 고무신
가심 없이 계시니

언제나 이 자리
님의 품 안

구름티끌 한 조각
사라짐 찰라

눈가의 이슬
님에 대한 그리움.

⟨2012. 10. 5.⟩

* **성륜사(聖輪寺)** : 전남 곡성 설령산(雪靈山)에 있는 절. 40년 간 장좌불와(長
　座不臥) 수행을 한 청화 큰스님(1924~2003) 원력으로 불기 2534(1990)년에
　세워졌다. 2002년 청화 큰스님이 열반하신 절.

강진 무위사

무위라 무위라
이름조차 편안하다
빗발이 휘날리다
닿으니 멈춰주네

편안한 그 자태
대웅전은 보물이요
벽화로 그린 소망
천년이 오늘이다

맞아주는 동백꽃
살풋한 보조개
늙은 개는 무심히도
허공 끝을 핥는다.

〈1996. 봄〉

* **무위사(無爲寺)** : 전남 강진군 월출산(月出山)에 있는 절. 신라 진평왕 39년
  (617) 원효대사 창건. 국보로 지정된 벽화가 있음.

여수 향일암

동백나무 잎새에 푸르름 뚝뚝 흐르고
만년도 더 넘게 파도 소릴 보태고

갈라진 바위 틈새로 끝없는 순례의 발길
하늘과 바다가 맞잡아 하나 됐네.

조으는 듯 해수관음 끝없는 무상법문

곱디고운 조각바다 갈매기 짝을 찾고
찰싹찰싹 파도가 옛얘기를 풀어가네.

신나게 포말 지는 배들도 흥겨운데
바다 끝
하늘 끝
땅 끝에서
향일암 순례객.

⟨1996. 6. 4.⟩

＊ **향일암 (向日庵)** : 전남 여수시 영구산에 있는 절.

광주 무각사

수선스러움 한가운데
기적 같은 적멸도량

만다라

끝없이 펼쳐지는 인드라 망
끝없이 퍼져나가는
상염의 파도, 법계의 바다

옛날의
아픔 슬픔 그리움 기쁨
모두 담아 지금 now now

불안 공포 기대 희망
꿈꾸는 미래도 담아
지금 now now

바로 깨어 있는 이 자리
지금.

〈2012. 10. 15.〉

* **무각사 (無覺寺)** : 광주광역시 서구 치평동 산 1번지 도심에 있는 절. 세계 만
  다라 전시회를 개최했다.

화순 운주사

불법이 무엇인지
그렇게 얘기해도

이슬 맞고 바람 맞으며
천불이 법문을 해도
그렇게 무심히
그렇게 그대로이더니

웃음도 아닌
무심도 아닌
새벽 해 돋기 전
누운 대로 성불인데

북두칠성 푸른빛은
그때가 이땐 것을

운주가 어디인지
아득한 그 길이

모롱이 돌아서니
그대로 운주이네.

〈1995. 초봄〉

＊ **운주사(雲住寺)** : 운주사(運舟寺)라고도 한다. 전남도 화순군 천불산에 있으
    며, 천불 천탑으로 이름 높다.

곡성 관음사 아미타전

극락전 아미타불
보름 달 같은 얼굴

한량없는 자비의 빛
허공을 비추나니

누구든 그 명호를
일념으로 부르면

무량공덕 원만하게
한 순간에 이루리라.

〈2011. 6. 2.〉

* **관음사(觀音寺)** : 전남 곡성군 화면 성덕산에 있는 절. 백제 분서왕 3년(300)
분서왕의 둘째딸 성덕(聖德)공주 창건. 심청전의 심청이 공양미 삼백 석을
시주한 절이라는 전설이 있음.

장성 백양사

희디흰 돌산 끝
하늘은 푸르고

붉음과 푸르름이
하나로 어우러진

미동조차 하지 않는
쌍계호雙溪湖는 검은 거울

만암 스님. 청화 스님
많고 많은 조사님들

눕고, 앉고, 서고
우리 함께 하자시네.

〈2015. 10. 11.〉

＊ **백양사(白羊寺)** : 전남 장성군 국립공원 백양산에 있는 백제시대의 고찰.

순천 송광사

목우자 큰스님 하품하신 곳
새 울자
화답하는 꽃

해 저물어 가자
그림자 길어지는 그 뜻을
십육국사十六國師한 물그릇에 비춰놓은 곳

바람은 불고
계곡물은 지절대고

파르스름히 깎은 머리 위에
지금도 부스럼 만들어가며
검은 밤, 긴 밤 오롯이 세우시는 스님!

〈2006. 여름〉

* **송광사 (松廣寺)** : 전남 승주군 송광면 조계산에 있는 큰 절. 신라 말기 혜린
  (慧璘) 스님이 창건. 고려의 목우자 (牧牛子) 보조국사가 중창, 선문을 열었
  다. 승보사찰임.
* **부스럼** : 깨닫고자 하는 번뇌의 비유.
* **하품** : 공부 마치심을 뜻함.

제주도 약천사

해인 스님 맑은 법문
맑은 차 한 잔이
하늘 덮고 바다 덮네

하늘밑 한 봉우리
한라를 감는 구름
흔적 없는 흔적으로
해인을 찍었네

비로자나, 약사불,
아미타가 하나임을
탐라에 큰 가람 세운 서원

지극히 작은 마음
화엄바다 장엄했네.

〈1995. 초가을〉

* **약천사(藥泉寺)** : 제주도 서귀포에 있는 극락도량. 해인 스님이 10만 배 기도
  후 창건한 절.

군산 동국사

일본 절, 동국사
길게 내려앉은 기왓골마다
쓰러진 고혼들의
슬픔이 흐른다

대륙을 삼키려는 끝없는 욕망이
무수한 목숨들을
외면했구나

한 세기 가까운 지금, 한국인에도, 일본인에도
부처님 자비 눈길은
변함이 없네.

〈2012. 가을〉

* **동국사 (東國寺)** : 일본이 36년간 식민지로 다스릴 때 지은 일본 절. 1909년 일
  본 승려 내전불관(內田佛觀)이 포교소로 세움. 원 이름은 금강선사(錦江禪
  寺)였다. 일본 에도(江戸)시대의 건축양식으로 우리나라 유일의 일본식 절.

공주 관불암

고즈넉한 마당에
평화로운 청화 큰스님

소박하고 자그마한
부처님 계신 법당

관월당觀月堂 맑은 방은
주인 닮아 정갈하고

마음 달 비추고저
애쓰시는 금인 스님

부처님 나투셔서
중생을 감싸신 곳

흐르는 객이지만 마음의 물을 길러
놓아 놓아 부처조차 비어보이네.

〈2012. 가을〉

* **관불암 (觀佛庵)** : 충남 공주시 관불산에 있는 암자. 청화 큰스님 흉상을 모시
  고 있다.

4 부

끝없는 꿈 그림자, 조계사

선우 법우 미국 뉴저지초등 6 김보민

서울 광륜사

– 청화 스님 마지막 법문을 들으며

한 뜸 한 뜸 범어 속에
한 뜸 한 뜸 숨결 속에

모든 수행 모든 禪법
일체가 염불인 뜻

산신도 경배하고
구도자는 찬탄하고

자비화신 큰스님
빛의 바퀴 지혜 바퀴

바라보는 이 구도자,
미리 그리움에 목이 메고

도봉산도 숨죽이고
하늘도 흐느낀다.

〈2001.〉

* **광륜사(光輪寺)** : 서울 도봉산에 있음. 조선말 고종시대에 조대비가 만년을
  보낸 별장이었다. 2002년에 신심있는 불자가 청화 큰스님께 보시하였다.

서울 무상사 BTN

- BTN방송 개원 법회에서

다시
우주가 열리고
다시
대지가 춤추고

먼 은하계 저 넘어

다시
삼천대천세계 그 넘어

저 먼
억겁 그 전이
저 먼
억겁 그 후가

지금 이 자리에
지금 이 때에

석가모니 부처님이
청화 큰스님이 우리 모두 하나된

우주에 퍼져라 BTN의 전파여
빛나라 무상의 전파여
영원하라 불법의 전파여

〈2013. 4. 22.〉

＊ **무상사(無相寺)** : BTN 사옥이 방배동 현재 건물로 이전 법회날 청화(淸華)
  큰스님이 축하 법문을 하셨다.

서울 길상사

왕후 장상들 스쳐간 자리
낙엽, 영화
곱고도 스산하다

맑고 향기롭게 법정 스님
마음 젖어든 자리

발걸음 걸음자국
허공만 남아
눈부시다.

〈2015. 가을〉

* **길상사 (吉祥寺)** : 서울 성북동 북한산에 있음. 예전에 요정이었다 함. 주인인 김영한(길상화)님이 법정 스님께 시주함.

서울 조계사

덩─. 덩─. 덩─.
깊이 울리는 조계사 범종 소리는
어떤 슬픔과 떨리움으로
여고생 나의 내면을 흔들었지

학교 베란다에서 내려다본
노목 아래, 푸른 머리의 스님은
아픔도 되고, 경외롭기도 했지

어느 토요일 오후 누가 부르는 듯 발길을 따라갔더니
법당 뒤 낡은 요사에서 어느 거사님 법문
"색즉시공 공즉시색…" 그 목소리
저 높은 곳에 계신 그분보다 고운 음악보다
더 많은 관심과 의심이 뿌리 내렸지

오십 년도 더 지난 지금 학교는 옮겨 가고
많이도 화려하게 변한 그 터에
조금도 변해보이지 않은 그때의 늙은 노목老木부처님

많은 매연 가운데서 지금도 잎 피우시며
씩씩하시네, 힘들지 않으신 듯

하염없이 흘러가는 뭇 중생의
끝없는 꿈 그림자 보고 듣고 계시네.

〈2014. 가을〉

* **조계사(曹溪寺)** : 서울 종로구 수송동에 있는 절. 한국불교 조계종 중앙기관
인 총무원이 있다. 저자는 조계사에 이웃한 숙명여고 학생이었다.

양주 회암사

지공 스님의 마음자락
인도에서 고려까지
잡을 길 없는 허공

나옹 스님의 게으르심 도道조차 놓아
아지랑이로 피어
고려를 감싸고

무학 스님의 다정多情은
조선의 오백년 설계
쥐었다. 폈다.

무수한 소원들이 염불로
허공을 메우는데

까마귀 한 울음소리에
노송등걸에 기댄 순례객

천년이 한 순간
꿈으로 깨어나네.

〈2016. 3. 4.〉

* **회암사(檜巖寺)** : 경기도 양주시 회암동 천보산에 있는 절. 인도의 승려 지공
  이 처음 지었다 함. 나옹 스님과 무학대사가 계셨던 절.

원주 오대산 상원사

단풍 구름이여
단풍의 띠여
자비로 솟아나는 약수여
문수동자의 중생 위한 한없는 염원이여

우주의 정기 모아 적멸의 환희로
부처님 사리되어 오대가 되었구나

나옹 스님 깨침은
반천년을 우뢰로 쏟아지고
한암 스님 할로써 오대를 살렸는데
초라한 이 나그네는
오늘도 헐떡인다.

⟨1994. 10. 12.⟩

* **상원사(上院寺)** : 강원 평창군 오대산에 있는 절. 고려 우왕 2년(1376)에
  창건.
* **헐떡임** : 깨달음에 대한 염원.

5부

님과 하나 되고픈, 석굴암

선우 법우 삼현여고 1 성정원

경주 석굴암

－새벽 여명에 석굴암을 보며

우주를 응집하여
한 모습으로 나투신

석가모니 부처님
찬탄할 수 없는 찬탄

한 뜸, 한 뜸 정 두드림
석공의 연화 삼매

진달래 꽃, 개나리 꽃
눈얼음 꽃, 모두 한 몸

해님이 잠깨어
바라본 곳 금빛덩이

걸음 걸음 올라온 뜻
님과 하나 되고픈 원.

〈2011. 이른 봄〉

* **석굴암(石窟庵)** : 경주 토함산에 있는 석굴사원. 신라 경덕왕 때 재상 김대성
　이 전생의 부모를 위해 조성한 것으로 전한다.(국보 24호)

경북 팔공산 갓바위

관봉 석가여래 좌상
갓 쓴 부처님은
겨울을 토해내는 철쭉과
봄 내 친구하고

먼 먼 산 아래
띠 두른 산, 또 산

그 기운 마시고, 또 마셔
이리저리 병든 중생
한 품으로 감싸 안네

어리석다 기복祈福이다
그것 또한 묘유妙有인 뜻

저녁노을 붉은 기운 천지간에 가득하니
저녁예불 목탁소리
그것 또한 묘한 법문.

〈1995. 초봄〉

* **갓바위** : 경북 경산 팔공산 관봉에 있는 석조여래좌상. 신라시대에 제작된
  석불로 석불 머리 위에 갓 모양의 돌이 놓여 있어서 갓바위라 불린다. (보물
  431호)

청도 운문사

고운 아미 까칠한 푸른 머리
청아한 저 모습
가슴에
깊게 숨은 성불의 큰 바램

비구니 스님 맑은 정성
땅을 감싸 도는 자비
소나무 먼저 알고 땅을 향해 뻗었구나.

단청 하나 없는 법당
홀로 계신 부처님
모습 더욱 평화롭고 포근하다.

옥색 개울물에 맑은 바람 흐르고
흘러 흘러서 나 또한 흐른다.

⟨1995. 9.⟩

* **운문사 (雲門寺)** : 경북 청도군 운문면 호거산에 있는 비구니 도량. 신라 진흥
   왕 21년(560)에 창건, 진평왕 13년(591)에 원광국사가 중창을 했다.

경주 문무대왕 수중릉

끝없는 파도는 당신의 원입니다
잠들지 않는 철석임은 백성들의 삶입니다
흰 갈매기 모두다 당신을 옹위하는
비천飛天임을 아시나요?

하늘이 감동하고 바위가 열려
대양이 흔들림을 당신은 아시는지?

당신의 마음
겹을 두고 관음임을 당신은 아시지요,
당신의 서원
동해를 움직였음 당신은 아시지요.

〈1999. 11. 5.〉

* **문무대왕 수중릉 (水中陵)** : 신라 제30대 문무대왕의 능. 삼국통일을 이룩한
  왕은 용이 되어 바다를 지키겠다며 수중릉을 원했다. 경주시 양북면 감은사
  지 앞바다에 수중릉이 있다.

경주 기림사

핏빛 단풍의 조락凋落은
곱다 못해 처절한데

마음을 쓸고 가는
허허한 바람은

몇 천 년 세월을
손아귀에 담아 가네

적멸에 잠 드신
삼신三身의 부처님은

광유 성인聖人 큰 서원을
꿈인 듯 관조하고

한 조각 중생의 원도
잠 깨워 살피시네.

〈1999. 11. 5.〉

* **기림사(祇林寺)** : 경주시 양북면에 있는 절. 신라 선덕여왕 12년(643)에 인도
  에서 온 광유(光有) 스님이 창건했다.
* **삼신(三身)** : 부처의 세 가지 모습. 법신(法身)·보신(報身)·응신(應身) 또는
  화신(化身)

경주 감은사지

금당 아래 굽이굽이 백성 위한 마음자리
굳건한 자태에 바람도 비껴가고

굽은 허리 노파의 삶, 예나 지금 같건만
기둥 없는 주춧돌은 무상을 가르치고

군주의 원, 겁을 지나 지장으로 화현하여
붉음으로 노을 되니 숙연해지는 길손의 맘.

〈1995. 11. 5.〉

＊ **감은사지(感恩寺址)** : 경주시 양북면에 있는 신라 신문왕 2년(682)에 호국
    사찰로 창건된 감은사 절터. 국보 제112호인 감은사지 사층석탑이 있고, 석
    탑에서 보물로 지정된 유물이 나왔다.

영천 기기암

아카시아 꽃길에
고향 향기가 일어
오월이 묻어난다.

마음의 고향이
잡힐 듯, 잡힐 듯
달리는 엔진조차 헐떡인다.

말씀을 몹시 아낀다는 스님은
큰 눈빛으로 대화를 하고
가지런한 이빨 그 고운 웃음이
청산을 맑히신다.

서릿발 장군죽비
스스로에게 채찍 되어
이제도 내일도 화두에 매였는데
머언 하늘에 구름조각 한가해라.

〈1995. 5. 22.〉

* **기기암(寄寄庵)** : 경북 영천시 팔공산에 있는 은해사에 딸린 절. 신라 헌덕왕
8년(816) 정수(正秀) 스님 창건. 『장군죽비』를 쓴 청봉 스님이 주석하였음.

영주 성혈사

편안하고 자애로우신 부처님
크지 않아 더욱 푸근하시다
퇴색된 신장님 상은
무디어진 칼날처럼
무섭지 않은 동네 문지기

나한전 연꽃무늬 문
용은 여의주를 머금고
마당의 석등은
쌍용의 용트림으로
비천을 꿈꾼다

새벽 달빛은 달무리로 장식되어
무지개로 빛나는데
성현 나투신 성혈은
자성의 굴 찾으라 하고

도반들 간절한 염원은
부처님 신통으로 화현하였으나

나의 일은, 오직 놓고 또 놓아
마음 밝히는 그 일일 뿐.

〈2014. 10.〉

＊ **성혈사(聖穴寺)** : 경북 영주시 순흥면 소백산에 있는 절. 신라 의상대사가 여
  기서 동굴(聖穴)을 발견하고 초막을 지어 수행하면서 성혈사라 이름하였다.
  용의 똬리를 튼 석등, 나한전 문살의 여러 가지 문양이 국보 예술품이다.

상주 남장사

법당 앞
팔모등 물결
무척이나 곱고

퇴락한 요사채 섬돌에
스님 신발 한 켤레

옛 도인 스님이
눈썹 깊이 내려 고요에 든 듯

―노악산 두 손 벌려
　보담아주는…!
신나게 부르던 교가

유년의 즐겁던 소풍 길
남장사!

지금도 미소 짓게 한다.

〈2012. 봄〉

* **남장사 (南長寺)** : 경북 상주시 내서면 남장리 노악산 (露岳山)에 있는 신라
　고찰. 신라 흥덕왕 7년(832) 진감 (眞鑑)국사 창건.
* **노악산 두 손 벌려 보담아주는**… : 필자의 모교 상주국민학교의 교가 첫 머리.

6 부

보살의 마음-아난다 입상

선우 법우 진주 대곡고 1 유정인

미얀마 동자승의 미소

– 미얀마 인레 호수가의 절 앞에서

백만분의 일초 그 순간이
마주침의 인연인가

꽃잎 떨어지는 팔랑임의 순간
동자승의 미소가 해맑다

부처와 보살의 변환이
물결로 찰랑인다.

〈2010. 10. 31.〉

미얀마 인레호수 속 어느 절

눈도
코도
귀도 모두 사라진 금덩어리 부처님

얇은 금종이 하나로
너무 많은 복 받고 싶은
중생의 소망이
눈도 코도 귀도 모두 막아 금덩이로 만들었네

금종이 벗기고 놓아 주고 해야
온전히 보일 부처님이
속에서 슬퍼하고 계실까
기뻐하고 계실까?

〈2010. 10.〉

＊ **금덩어리 부처님** : 미얀마 인레호수 안 절에 모신 금불상. 신도들이 복 받기
　위해 금종이를 사서 붙이기 때문에 부처님 모습이 두루뭉술한 금덩어리 형
　상이 되었다.

미얀마 아난다 입상

- 미얀마 바간 쉐산다 파고다에서

중생 위한 따뜻한 미소
보살의 마음

왕과 관리를 대하는 근엄한 얼굴
보살의 마음

수행자와 성직자를 채찍질하는
서릿발 같은 눈빛
보살의 마음

천 가지, 만 가지 얼굴 모습
보살의 마음.

⟨2010. 10.⟩

* **아난다 입상** : 하나의 입상이지만 다가갈수록 자비로움에서 서릿발 같은 눈빛과 얼굴로 변해간다. 중생의 의식이 높아질수록 더욱 냉철하게 자신의 수행을 채찍질 할 것을 강조하심.

인도 부다가야 대탑

불가설不可說

불가설不可說

끝없는 행렬, 끝없는 경배

모두 다 숨겨진 석가모니 부처님

부처님!

부처님!

⟨2003. 1.⟩

* **부다가야 대탑** : 부처님이 6년의 고행 끝에 부처를 이루신 곳에 후대의 아쇼
카왕이 세운 아름답고 높은 탑. 아쇼카왕이 이곳에 절을 짓고 큰 탑을 세워
불교 성지를 이루었다.

* **불가설** : 설명할 수 없는 깨달음의 경지.

인도 부다가야

몇 억 광년 날아 온 섬광의 빛이
실달타의 깊은 눈빛과 만남이 되어
석가모니 부처로 다시 태어나셨네

신실한 순례자 아쇼카왕은
부처님의 성스러운 길상 의자를
깨달음의 대탑으로 드높이셨네

지극한 오체투지 끝이 나는 날
모든 번뇌 또한 끝이 나리라
태어남도 사라짐도 끝이 나리라.

⟨2003. 1.⟩

* **부다가야** : 부처님이 보리수 밑에서 악마의 무리를 항복받고 부처가 되신 곳.

인도 영축산

부처님 음성이
표현할 수 없는 거룩한 음성이
그대로 들리네

마하가섭이 보았던 꽃비가
눈에는 보이지 않는 꽃비가
지금 내 가슴에 하늘하늘 내리고 있네

지극한 정성으로
빔비사라왕이
한 발자국 한 발자국 걷던 모습이 보이네

아난과 오백 아라한이 독송하는 소리가
칠엽굴을 가득 울리고 있네

슈리마타의 아름다운 평안의 순교가
빨갛게 물든 하늘이

부처님!

부처님의 가르침!

부처님의 수행!

〈2003. 1.〉

* **영축산(靈鷲山)** : 인도 마갈타국 왕사성에서 가까운 산. 부처님이 설법하시
  던 산.
* **슈리마타** : 불교의 女순교자.

스리랑카 불치사

아득한 인도양에 한 점 찍은 섬 위
우주를 채우고도 남아도는 치아사리

천년을 두 번하고 또 반이 지났는데
일체중생 해탈의 원 더욱 빛나고

끝없는 꽃행렬 장엄한 북소리, 염불소리
무한의 자비심 성불을 재촉한다

경배의 길, 검은 맨발, 자아自我조차 털어내어
이방인도 내국인도 일체가 하나인 뜻.

〈1995. 4. 12.〉

* **스리랑카 불치사(佛齒寺)** : 동양의 진주 스리랑카 캔디에 있는 대표적인 사
  원. 부처님 치아사리(佛齒)를 모시고 있어서 불치사라 한다.

달라이라마 스님

－ 일본 요코하마에서 법회 하는 모습을 우러르며

일체 중생을
모든 원수를
다 보듬어주어

지구를 초목을
저 광활한 우주를
움직이는

당신의 자비.

〈2012.〉

미국 금강선원

빅 베어 척박한 산
제자 마음 스산하고

적막한 경내의 고요는
눈물되어 번지는데

큰스님 자비 겸허에
인디안도 절을 하네

하루 식사는
누룽지 한 그릇

제자 사랑 따뜻한 눈빛은
오히려 슬픔인데.

이국의 산도 자비에 감격하여

사반나 지역에서

감로의 샘물로 솟아나네.

〈1996. 4.〉

* **미국 금강선원(金剛禪院, Diamond Zencenter)** : 청화 큰스님이 미국 로스앤
젤레스 근교 팜스프링에 창건하신 절. 큰스님이 주석하시자 물이 없던 사반
나 지역에서 큰 샘이 솟아 물길을 만들었다 한다.

미국 서래사

석가모니 크신 법
중국 거쳐 미국까지

미국사람 중국사람
한국사람 유럽사람

꿇어앉은 그 소원들
모두 다 한 모습

이천육백 년 전 그때나
오늘의 이때나
티끌하나 묻지 않고
온 가슴 적시네.

⟨1996. 4.⟩

* **미국 서래사 (西來寺)** : 중화민국 성운(聖雲) 스님이 미국 L.A에 창건하신 절.

7 부

화려하지도 곱지도 않는,
중국 오대산

신우 법우 삼현여고 1 성정원

중국 아미산 보현사

구름도 헐떡이고
차도 헐떡이고
구름 아래쪽은
비오고 바람 분다

보현보살 큰 서원은
여러 얼굴 나투셔

중생의 모든 아픔에
코끼리의 큰 힘으로ー.

밝은 햇살 펴면서
시방으로 바쁘시네.

〈2011. 여름〉

* **아미산 보현사(峨眉山 普賢寺)** : 중국 사천성에 있는 절. 보현보살 4대 성지
  의 하나.

중국 돈황석굴, 막고굴

멀고 먼 길이
바로 이 자리

무겁고 두터운
업이 깎인 석굴

수행자의 서원이
겹겹이 쌓여서

성스러운 부처로
그 모습 나투셨네

해탈의 염원이
비천으로 그려지고

성스러운 부처로
그 모습 나투셨네

순례자의 가슴은

돌 깎는 석공 되어

끝없는 공경심

해탈의 염원이

눈물겹게 애달프네.

〈2006. 여름〉

* **돈황석굴(敦煌石窟), 막고굴(莫高窟)** : 1900년경 중국 감숙(깐쑤)성 오아시
  스 돈황(뚠황)의 600여 석굴에서 많은 불교 유물·유적과 신라 혜초의『왕오
  천축기』등이 발견되었다. 이를 돈황석굴 또는, 막고굴이라 한다. 신라 혜초
  스님의『왕오천축국전(往五天竺國傳)』이 발견된 곳.

중국 오대산

삼보일배, 저 구도자
산보다 굳건하다
바라만 보는 이 순례자까지
가슴 가득 고이는 게 있네

산은 화려하지도 곱지도 않으니
순치황제 숨 쉴만한 곳

바람도 휘돌아만 갈 뿐, 차마
머물지 못하니
그 기상 견줄 곳 몰라
그 산 다섯 받침 그대로가
문수보살 지혜런가?

〈2009. 여름〉

* **중국 오대산(五臺山)** : 청나라 3대 황제였던 순치(順治)황제가 출가한 곳. 문
  수보살이 거주한다는 성지의 하나.

중국 보타산 관음보살

심장이 멎을 듯—

오직 그대 뿐

나의 관음이시여!

〈2015. 6. 4.〉

* **보타산 (普陀山)** : 중국 보타락가산(補陀落迦山). 관세음보살의 영지(靈地).
  일본의 한 승려가 중국 오대산에 와서 관음보살상을 일본으로 여러 번 가
  져가려 했으나 폭풍우가 이를 막았으므로, 결국 이곳이 관음보살상 모실
  곳임을 알게 되었다 함.

중국 구화산

지옥을 바라보는 김교각 스님 눈물이
밤새 자작자작 빗물로 내리더니
구름 사이로 달님이 조금씩 쉴틈을 주더이다.

일기예보에는 폭우에 산사태를 알렸지만
김교각 지장보살님 자비로
멀고도 먼 길 조국에서 온 후손을 위해
종일 비를 참아주시더이다.

진리를 찾기 위해 그 먼 길도
왕위도 나라도 모두 놓으신 뜻
미욱한 이 영혼도 함께 하고자 전각 전각 다니며
일체중생 성불하여 지옥이 다 비도록 빌었나이다,
모두가 꿈임을 알고 꿈 깨어나기 위해.

걸음 걸음 가슴 깊은 곳에 자작자작 눈물이 괴나이다.
한없는 지혜를 우리 모두 알아서
무한 법계에 흐르는 영들이
성불하는데 함께 하고자 서원하나이다.

끝없는 이 서원 영원하여 끊어짐 없길
또 발원하나이다.
그 누구의 고통이라도
바라보는 우리 마음이 이처럼 아픈데
보살님 자비심이야 어찌 쉴 수가 있으리까

내려오는 차에 타는 순간
하늘이 뚫어진 듯 쏟아지는 폭포 비는
그대로 한없는 스님의 사랑이었나이다.

나무 김교각 스님!
나무 지장보살!
나무 마하반야바라밀!

〈2015. 6. 3.〉

* **구화산(九華山)** : 중국 불교 4대 성지의 하나. 안휘성의 서부에 있다. 신라
    왕자 김교각(金喬覺) 스님이 지장보살의 화신으로 추앙되고 있다.

중국 대각사

폭죽소리
운문선사 할!

우리 모두 귀먹게 했네

염불하는 자 누구인가?
할!

〈2010. 3. 3.〉

* **대각사(大覺寺)** : 중국 광동성에서 운문선사가 창건한 절.
* 대각사 방장 명향(明向) 큰스님이 필자의 법명 여여화(如如華)를 풀어서 詩
  를 지어 주셨다.
  　如如不動悟心地
  　華雨供養諸聖賢

중국 상해 옥불사

만년을 다졌던가
억년을 다졌던가

사대를 다 녹인 뒤
곱고 성스러운
부처로 나투셨네

저절로 마음에 이끌린
긴 행렬의 참배객

영겁도 한순간
합일되는 한 마음.

〈2015. 5. 31.〉

* **옥불사(玉佛寺)** : 중국 상해에 있는 절. 세계에서 가장 아름다운 옥불상을 미
  얀마에서 가져와 모시고 있음.

대만 정사정사

작고 소박한 맑은 비구니 스님
작은 아기신발 하나로
온 세계를 거닐고 있네

하나 하나 보살의 마음이
오백만 힘이 되어
아프고 힘들고 외로운 이에게
약이 되고, 의사 되고
밥이 되고, 집이 되네

소박한 비구니 스님이
싹 틔우고, 거름 주어
거목으로 꽃 피웠네
관음보살로 꽃 피웠네.

〈2013. 1. 22.〉

如如華
증엄법사의 마음을
표현함.

* **중화민국 대만 정사정사 (淨思精舍) 비구니 스님** : 증엄법사가 불쌍한 사람을
구제하고자 하는 원력으로 작은 아기신발을 만들어 기금을 시작했다. 자재
공덕회(自在功德會)를 만들어 큰 사업을 일으켜 전 세계에 구호의 손길을 보
내고 있는 본부.

대만 불광사

거룩한 뜻 넓고 높게
나타내 보이심은
보현의 행

보이지 않는 허공 씨앗이
큰 가람
큰 부처
큰 행원
한마음 나라

성스런 구름이 국토를 덮은
성운(聖雲) 큰스님
서원의 나라로!

〈2013. 1. 21.〉

* **중화민국 대만 불광사(佛光寺)** : 성운(聖雲) 큰스님이 포교를 시작한 지 30
  년 만에 이교도가 많은 대만 전체를 불국토로 바꾸었음.

8 부

부처님 세계, 선우선방

선우 법우 샛별초등 4 유민정

사천 군부대 백호정사

초코파이 보시 · 떡 보시 · 수박 보시 · 빙수 보시 ·

국수 보시 · 우유 보시 · 떡볶이 보시 · 만두 보시 ·

피자 보시 · 꼬꼬 보시 · 눈물 보시 · 찬탄 보시 ·

아함 보시 · 방등 보시 · 반야 보시 · 법화 보시 · 화엄 보시….

선우회원 십륙년 노고 연꽃으로 피어나

월광호 기슭에 대원으로 승화되어

천년을 이어 가리

만년을 숨 쉬리

백호정사!

⟨2015. 4. 5.⟩

사천 백호정사

- 백호정사를 지어드리며

앳된 얼굴 푸른 머리
넘쳐나는 밝은 기상
용트림의 웅장함들
무수히도 많은 장병

부처님 진리 말씀
펼쳐 보여주고 싶어
깨닫게 하고 싶어
부처님의 서원으로
육조 스님 서원으로
청화 스님 서원으로
선우 회원 서원으로

무수 장병 눈을 띄워서
불국토를 이루고저
원한보다 자비로
용맹과 사랑으로

무수생명 살려주는

부처님으로 거듭나길

이 도량 길이길이

정법의 꽃 피어나길.

〈2002. 4.〉

* **백호정사(白虎精舍)** : 2002년 4월에 필자가 이끄는 선우선방에서 사천 곤양
  군부대에 부처님 공부를 하는 자리를 새로 마련해 드렸다.

별 뜨고 달 지는

- 선우선방 옆, 남강 둑을 포행하며

별 뜨고 달 지는

무수한 밤을

얼마나 목말라 했던가

고개 돌리니

오늘도 강물은 목말라

웅얼웅얼 흐르고

풀벌레 웃는지, 우는지

목말라 징징거리고

《光輪》지 불기 2560(2016)년 봄호 표지
(선우 법우 집현초 4 김경은)

달맞이꽃도 그렇게 목말라

노랗게 피어가네.

〈2013. 8. 19.〉

* **포행** : 승려들이 참선(參禪)을 하다가 잠시 방선(放禪)을 하여 한가로이 뜰을
걷는 일.

선우선방 포행

우리들 포행, 스스로의 보폭대로 포행

바람포행, 태풍 볼라겐 무척 빠르고 시원하게 포행

구름 포행, 흰 구름, 검은 구름 어우러져

        달빛에 물들어 선명하게 포행

강물 포행, 검은 물결이 도도하다

        굽은 곳은 굽어 포행

        곧은 곳은 곧게 포행

        낮은 곳으로는 떨어져 포행

        또 솟구쳐 포행

별님 포행, 빠른 구름의 포행으로

        인공위성 같이 흐르며 포행

풀꽃님 포행, 앉아서 마음으로 포행

거사님 · 보살님 · 바람님 · 구름님 · 강물님 · 별님 · 풀꽃님

한데 어우러져 스스로의 모습으로 포행

인공위성같이, 바람같이, 시간같이, 인생같이.

〈2012. 8. 28.〉

우리 모두 선우선방 법우

민들레 보살, 나리 보살
돌부처 보살, 강물 보살
구름 보살, 별님 보살
햇살 보살, 달님 보살
아기 보살, 고양이 보살

이슬 보살, 함박꽃 보살
우렁각시 보살, 함지박 보살
까탈 보살, 공기 보살

바위 거사, 사자 거사
미루나무 거사, 사슴 거사
봄볕 거사, 하늘 거사
장군 거사, 미소 거사
그림자 거사, 마당쇠 거사
거만 거사, 무심 거사
신장 거사, 바람 거사

모두 함께 보듬는 곳

모두 같이 숨 쉬는 곳

마음꿈의 그림자 꽃.

〈2014. 8. 20.〉

✳ **선우선방(禪友禪房)** : 1998년 필자의 안방에서 선우(禪友) 두 분이 모여 참
선을 시작. 회원이 꾸준히 증가되어 선실 선우선방으로 발전했다. 조계종 성
륜문화재단(청화 큰스님 창립)의 일원이 되어 수행 정진하고 있다.

진신사리

– 진신사리 이운식날

태초가 열리는 날
진신사리 싹트는 날

봉황의 회울음이
우주를 휘감을 때

방울방울 맺히는
소망의 응결

이 우주 어디 어디에
순수 아님 있던가

멀리 멀리 더 가까이
우주의 가슴 안

모든 것이 사리임을…

부처님 진신사리.

⟨2014. 2.⟩

* **진신사리** : 스리랑카에서 곡성 성륜사로 모셔온 진신사리 수가 늘어나 선우
  선방까지 오시게 되었다. 이운식(移運式)날 감회를 적었다.

'부처님 오신 날' 찬불가 – 비뮤티 홍범석 작
선우 어린이회원 카드섹션

선우선방 사리

선우선방 사리는
생명이시기에
방향을 움직이나 보다.

몇 밤을 지나면서
좌선의 자세를
바꾸시나 보다.

무정중생도 부처임을
깨닫게 하기 위해

또 한 밤
또 한 밤
조금씩 조금씩 어느새.

새싹이 커 가듯, 한 송이 꽃이 피듯
아무도 모르게 조금씩 조금씩
커 가시나 보다.

⟨2014. 8. 16.⟩

선우선방

사바세계 잠시 놓고
부처세계 젖어들어
허공을 박차고서
봉황이 되어보네.

허공이 끝없어도
회치면 그 밖이라
군계가 모였으나
돌아서니 봉황 무리

물방울 바위 뚫듯
티끌시간 좌선삼매!

〈2015. 12. 8.〉

방 생

금빛 물결이 살아
숨을 돌이킨다.

비늘 하나 하나에
환희가 살아난다

다시 뒤돌아보는 생명
차마 떠나지 못해
돌아보는 맑은 눈망울에
눈물이 고인다

마음 마음이 함께 되어
또 다시 생명을 가득 채우는 호수
쏟아지는 노을도
춤사위 흘린다.

⟨2016. 2. 20.⟩

* 노을진 진양호에서 방생을 하며

어린이 명상

불교는 마음공부란다
마음은 빈 거울 같단다

그대로 부처
그대로 참되단다

깊이 눈 내려감고
숨소리 고요하다

무척 바쁜 어른 되어서도
이때의 고요를
항상 그리워 할 거다
항상 그 자리에 들고자 할 거다.

선우 법우 청주 샛별초 1 유민채

가릉빈가 연주단

천상의 소리가 여기서 난다
부처님 음성이 여기에 있다

기쁨만 가득한 곳
평화만 가득한 곳

꿈꾸는 나라가 바로 이곳
자비만 가득한 곳 바로여기.

* 선우선방 어린이회 협주단

허공사

뿌리 없는 허공에 씨를 뿌리네
하얀 꽃 푸른 열매
검은 가지가

채색화 수묵화
곱고도 애달픈데

눈뜨니 가슴 아픈
헛꽃이어라

그렇게 공들이고 가꾸었는데
뿌리조차 흔적 없는
헛꽃이어라

한 티끌도 잡을 수 없는
적멸이어라.

〈2013. 11. 1.〉

* **허공사(虛空寺)** : 필자의 상상으로 본 절. 우주가 그대로 하나의 절임을
표현함.

지금寺

과거도 그러했고
지금도 그러하고
미래도 그러한

그때도 지금으로 씨뿌리고
                꽃피우고
지금도 지금으로 열매맺고
                떨어지고
미래도 지금으로 사라지고
                일으키고

언제나 지금으로
일으키고, 머무르고, 사라지고
씨뿌리고, 꽃피우고, 열매맺고.

〈2015. 9.〉

* **지금寺** : 바로 지금 이 자리가 법당이라는 뜻.

세상사

세상사 시비놀음
하, 부질없어
구름아!
너는 그림 그려라
나는 허공
먹구름 꽃구름 춤을 추어라
나는 허공
그림자 허깨비 하나 되어
흘러가 보자

나는 너
너는 나.

〈2015. 10. 13.〉

＊ 세상사 (世上寺) : 선미 (禪味)로 바라보면 세상 모두가 법당이라는 뜻.

사 바

사랑한다.
미워한다.

있다.
없다.

잘났다.
못났다.

부질없음이여.
그 영광이여.
사바여!

〈2016. 〉

할!

내려친들 무엇이 다르리,
모두가 할인데.
바람 부니
꽃 떨어지네.

＊ **할(喝)** : 선승들 사이에서 말이나 글로 나타낼 수 없는 도리를 나타내보이는
　　소리.

귀 향

나와 모든 중생의
영원한 행복을 그리워하며
먼길을 떠나고 또 떠났습니다.
이제 꿈의 여행에서 돌아와
조금은 여명을 보는 듯
눈을 비벼 봅니다.

〈2014. 9. 5.〉

禪味에서 찾은 詩語들

善行 신 현 득

내 기억에 남은 如如華 유동숙은 공부 잘하고 글을 잘 쓰는 어린이였다. 그리고 동그스름한 재주 머리에다 살결이 희고 얌전한 모습이었다. 좋은 집안에서 가정교육을 잘 받은 어린이기도 했다.

당시 나는 상주에서 초등 교육에 종사하고 있었는데, 신춘문예 당선 시인으로서 동호인들과 어울려 가사를 돌보지 않고 글짓기 운동에 뛰어다니는 열성 교사였다.

여럿이서 펼쳤던 그 운동에서 성과를 거두어, 상주라는 고장이 〈동시의 마을〉이라는 이름을 얻었으며, 1959년 대구일보 신년호에 선면 특집기사가 실리게 되었다.

그 때에 취재차 상주에 온 문화부장 남욱 기자가, 필자의 제안을 받아들여, 상주에서 지도가 잘 되고 있는 청동 · 외남 · 상주 셋 학교의 아동시 약 50편에 정준용 화백의 그림을 곁들여 대구일보

화랑에서 시화전을 차리게 되었다. 이 일로 필자가 상주글짓기모임 대표로 대구에 가서 전시장 관리를 하며 그해 여름방학을 보낸 일이 있다. 다시 이 시화 작품을 윤석중 선생의 새싹회 주최로 서울 중앙공보관에다 전시를 하게 되었는데, 이때에 유동숙 어린이의 시, 「꽃밭」이 자리를 같이 했다. 덩굴식물 나팔꽃은 심술꾸러기다. 백일홍 목을 감았다가 코스모스 목을 또 감는다는 모티브였다. 이 시가 좋아서 글짓기운동에 같이 뛰던 김종상 시인의 글짓기 학습 책에도 몇 차례 실리게 되었다.

당시 나는 불교를 좋아해서 상주포교당에다 〈불교어린이회(일요학교)〉를 차렸는데 부처님 일대기 『팔상록』을 교재로 했고, 찬불가를 어린이들과 같이 불렀다. 불교청년회 도움으로 학예회도 열고, 가까운 남장사 요사를 빌려 임간학교를 마련하기도 했다. 이 때에 유동숙 어린이도 두어 번 포교당에 얼굴을 보였던 것으로 기억된다.

그 뒤, 유동숙 어린이를 시인으로 만나게 되었는데 그것이 근년이었다. 유동숙은 어린이가 아니라 나이가 일흔이 넘은 할머니였다. 놀라운 것은 그동안 60년 가까운 세월이 흘렀다는 사실이었다.

그리고 두어 번의 만남에서 주저하며 내놓는 것이 시집 한 권의 원고였다. 이 나이에 문단에 나서겠다는 생각은 전혀 없으며, 이왕에 쓴 것이니 선우선방의 역사도 되고 하여 엮어 두었으면 한다는 겸손을 곁들이기도 했다.

그리고 대한불교 조계종 산하의 선방을 운영하고 있다는 이야기를 한다. 성지를 순례하면서 시를 쓰게 되었는데 우리나라 여러 사찰과 중국, 중화민국(대만), 인도, 스리랑카, 미국의 불교 성지를 찾아 지구 한 바퀴를 돈 것이었다.

이런 의지의 불자를 만나기란 쉬운 것이 아니다. 나도 불교에 대한 약간의 열성이 있어서 여여화 유동숙 여사와 사제의 인연이 된 것이 아닌지?

나는 부처님 말씀으로 된 불교설화를 모두 현대동화로 고쳐 쓰면 족히 동화집 100권은 되리라는 꿈을 가지고 이 대작업을 위해 직장을 그만둔 일이 있다. 그런데 쌓인 원고가 책이 되지 않아 겨우 열 권의 책을 내었을 뿐, 뜻을 이루지 못하고 떠돌이 대학강사로 들어가 강사정년을 했다. 그러나 경전에 재미를 붙여 멜가방에 역경원의 『한글대장경』 한 권씩을 넣어 가지고 다니며 차에서 되풀이해 읽는다. 이 한 권의 부피와 무게가 적은 게 아니다. 그날 여여화를 만났을 때도 옛 스승의 떨어진 신과 무거운 멜가방을 걱정해주었다.

여여화의 시는 일반적인 기교와 표현을 떠난, 시작부터 끝까지 禪味를 주제로 한 禪詩다.

순례를 가고자 한다
평화로운 곳

너도 없고
나조차 없는 곳으로
　―「여행」 전문

　선시집의 문을 여는 이 시편은 그 경지를 아는 사람만이 할 수
있는 목소리다. 순례를 떠나는데 너도 없고 나조차 없는 곳으로
떠난다 한다. 너와 나의 경계를 여읜 것이다. 부처와 중생의 경계
도 여의고 있다. 멀고 가깝다는 생각까지 여읜 마음가짐이다.

　우주를 응집하여/한 모습으로 나투신//
　석가모니 부처님/찬탄할 수 없는 찬탄

　한 뜸, 한 뜸 정 두드림/석공의 연화 삼매//
　진달래 꽃, 개나리 꽃/눈 얼음 꽃, 모두 한 몸//
　해님이 잠깨어/ 바라본 곳 금빛덩이

　걸음 걸음 올라온 뜻/님과 하나 되고픈 원.
　―「석굴암」 전문

　태양이 칭찬의 빛을 보내는 석굴암을, 시인이 한걸음씩 찾아 올
라감은 부처님과 하나 되고픈 맘에서다. 시의 관점이 석굴암 부처
님의 원만한 상에 가 있다. 우주를 하나로 나투신 것이 부처님의
잘난 모습이다. 이를 서른둘로도(32상), 여든(80종호) 가지로도 칭

찬하지만 시인은 찬탄을 넘어선 찬탄으로 칭찬을 했다. 그 시인의
눈으로 석굴암을 이룩한 신라의 손길에 합장을 보내고, 온갖 봄꽃
이 한몸으로 부처님 찬양에 빛깔을 모우고 있음을 본다. 禪味로
느낀 것이다.

　　뿌리 없는 허공에 씨를 뿌리네
　　하얀 꽃 푸른 열매/ 검은 가지가//
　　채색화 수묵화/ 곱고도 애달픈데//
　　눈 뜨니 가슴 아픈/ 헛 꽃이어라

　　그렇게 공들이고 가꾸었는데
　　뿌리조차 흔적 없는/ 헛 꽃이었네//
　　한 티끌도 잡을 수 없는/ 적멸이었네.
　　　─「虛空寺」 전문

　선문답을 시법으로 한 「虛空寺」는 시인 如如華의 우주관이다.
虛空寺라지만 시의 내용에 절이라는 표현이 없다. 씨를 뿌려 고운
꽃과 열매를 거두고 보니 그곳이 허공이요, 거둔 것이 헛것이니 모
조리 적멸이요, 남은 것이 없다. 그래서 온 우주가 虛空寺라는 것.
　이러한 여여화 시인을 부처님 대각의 성지에 솟은 부다가야대
탑 앞에 세워보자.

不可說

不可說

끝없는 행렬, 끝없는 경배

모두 다 숨겨진 석가모니 부처님

부처님!

부처님!

　　ㅡ「부다가야 대탑」 전문

　부다가야 대탑을 우러르며 느낀 여여화의 시어는 선미에서 빚어진 선문답이다. 더 말할 것 없다. 여여화의 선시집 『성지순례 꿈그림자』는 인류에게 던지는 큰 법문이다.

〈전 한국불교아동문학회 회장〉

화엄의 꽃이기를

언젠가부터 허무가 겹쳐올 때는 혼자서도 가까운 절의 후원이나 조그만 전각에 들어가서 앉아 있곤 했다. 기쁨도 놓고, 슬픔조차도 놓고, 평화도 놓고, 앉아 있었다, 무심한 나한님, 무심한 조사님과 함께 하면서.

어느 날 나의 조그만 안방에 손님이 오셨다. "불교가 무엇인지?" 하는 질문이 있었다. 그러나 책 몇 줄 읽은 내 역량으로, 무슨 완전한 답을 할 수 있었겠는가. 참선이란 것이 답을 줄 수 있을 것 같아서, 함께 말없이 앉아 있기 시작했다. 그 이야기를 들은 왕인 스님께서 선원을 열라고 몇 번 전화를 하셨는데 자격이 없어 못하겠다고 말씀드렸더니 그러면 오는 사람이라도 막지 말라고 하셨다. 그렇게 시작한 인연들이 오고 또 그렇게 인연들이 흘러갔다. 그래서 지금도 우리의 공부 처소는 '禪友선방'이다. 그 후 淸청자 華화자 큰스님께서 '선우회禪友會'라는 휘호를 써주셨다. 방이 좁아서 조금씩 키운 것이 오늘 우리들 모임이다.

그러다가, 도반님들과 일상에서 벗어나 한 번씩 국내와 국외의 절을 찾아 여행을 떠났다. 지금의 도반님들은 그때부터 함께 하신 분이 많아, 이름도 '본래 그 자리 팀'이다. 여행을 하다가 혹 하나의 상념이 뜨면, 그냥 메모지에 무심히 적어 놓곤 했다.

작년 어느 날 "선생님!" 하고 부르면 가장 먼저 떠오르는 신현득 은사님의 글을 법보신문에서 보고 반가움에 전화를 드려서 근 60년 만에 뵙게 되었다. 초등학교 때 시를 지도해주셨던 선생님이시다. 선생님이 내 미숙한 글을 감수해 주시고, 책을 내라는 독려와 용기를 주셔서, 하나의 시모음을 엮게 되었다.

군포교 인연

부처님 공부를 한다고 했으나 복이 없어서인지 진척이 없었다. 복 지을 곳을 찾아 나선 것이 백호부대였다. 2500명 가까운 군인들이 있었으나, 법당은 슬레이트 지붕에 비가 새는 좁은 곳이었다. 우리는 여기서 복을 짓기로 했다. 초코파이 하나씩이라도 공양을 올리자고 한, 적은 소망이 백 평 가까운 법당을 짓게 된 것이다.

그때 우리 선방은 십만 원 월세방이었다. 시멘트 바닥에다 방석을 깔고 이불 걸치고 등을 곧추세워 가면서 애쓰던 시절이었다. 그런데도 모든 도반님들이 우리의 불사는 뒤로 미루고 100평의 군 법당 불사부터 시작했다.

장병들에게는 젊을 때 아니면 부처님 법 듣기가 어려울 것 같아

하나라도 더 듣게 하고자 애를 썼다. 그러다 보니 20년째 매주 일요일마다 간식보시와 설법보시를 하고 있다.

손자 돌 떡값, 막내 생일 기도비, 아들 개업 축하금, 환갑 축하금, 합격 축하금, 그리고 몇 분의 한 달 만원씩의 후원금 등으로 꾸준히 복짓기를 하고 있다.

지금 돌이켜보니 그동안 밥그릇 수로 세면 10만 그릇 정도의 공양을 올린 것 같다. 부대는 군인이 많이 줄었지만 지금도 매주 70명 내지 80명 정도의 장병들이 타종교를 제치고 가장 많이 모이고 있다. 그 바탕은 '본래 그 자리 팀'의 여력과 쌍계사 주지 원정 스님을 비롯한 사천의 많은 스님들의 격려와 후원 덕이라 생각된다.

어린이회, 학생회

어느 날 도반님의 딸이 어느 절에도, 법회에도 갈 곳이 없다 해서, 그럼 우리 끼리 몇 명이라도 데리고 모임을 해보자고 했다. 그러나 조금 모이는 듯하다가 떠나버리고 다시 모였다 가버리곤 했다. 이런 일이 되풀이될 때에는 힘이 들어서 그만두고 싶을 때도 있었다.

그러한 고난을 무릅쓰고, 어린이들을 가르쳐 부처님 법 안에 들게 해야겠다는 소명감으로 '가릉빈가 악단'을 조직했다. 악단을 지도할 선생님도 모셔왔다. 매주 토요일마다 법회를 열고 악기연습도 한다.

성불이라는 진리를 알면서, 해탈이라는 이 평화를 알면서, 더불어 하지 않을 수 없었다. 지금도 스스로를 채찍질하면서 도반님들과 힘을 모아 걸어가고 있다. 단원 학생들이 많을 때는 40명이 넘었다. 이들이 불교 음악제 무대에서 공연을 하기도 했다. 잘하는 것 보다 화음이 문제이며, 화합의 문제가 중요하다. 이 어린이들 템플스테이를 한 것도 8회가 되었다. 흘러가고 흘러가는 인연이지만 어딘가에 불법의 씨앗을 뿌리리라 생각한다.

모든 도반님들의 수행력과 보시행의 밑받침이 없었다면 지금쯤 나는 어느 한적한 공간에 묻혀 있을 것이다. 지금도 이를 그리워하고 있기도 하다.

5년 전에 우리의 보금자리 터를 마련하여 재산을 대한불교 조계종 성륜문화재단에 기부하고 나니 홀가분하고 기쁘다.

이 시모음이 하나의 공해가 될 것 같아서 망설였으나 선방의 역사도 될 것 같아서 선생님의 격려와 권유로 편집하게 되었다. 이 작은 시집에 담긴 소망이 화엄華嚴의 꽃이 되기를 빌어본다.

감로의 법어로 서문을 써 주신 용타 스님과 부처님 가르침을 같이 배우는 선우법우 여러분과 시집이 나올 때까지 도와주신 신현득 은사님과 가족 모두, 대양미디어 서영애 사장님, 정영하 국장님께 감사를 드린다.

2016년 11월
지은이 유 동 숙

성지순례
꿈 그림자

초판인쇄 · 2016년 12월 1일
초판발행 · 2016년 12월 16일

지은이 | 유동숙
펴낸이 | 서영애
펴낸곳 | 대양미디어

출판등록 2004년 11월 제 2-4058호
04559 서울시 중구 퇴계로45길 22-6(일호빌딩) 602호
전화 | (02)2276-0078
팩스 | (02)2267-7888

ISBN 979-11-6072-002-0 03810
값 13,000원

이 도서의 국립중앙도서관 출판예정도서목록(CIP)은 서지정보유통지원시스템 홈페이지
(http://seoji.nl.go.kr)와 국가자료공동목록시스템(http://www.nl.go.kr/kolisnet)에서
이용하실 수 있습니다.(CIP제어번호 : CIP2016029334)